AF296278

UN MOT

SUR LES LANGUES DE L'ORIENT,

PAR P. G. DE DUMAST.

Ce mémoire, composé à Nancy dans l'hiver de 1820 à 1821 (1), y fut lu en séance mensuelle de l'Académie de Stanislas, le jeudi 8 mars 1821, comme le constate le régistre d'alors, — lequel donne l'analyse du morceau, et mentionne l'invitation qui fut faite au jeune Associé de déposer son travail aux archives.

Pourquoi celui-ci négligea-t-il d'opérer le dépôt demandé? — Peu importe. En somme, le cahier s'égara, et il n'en fut plus question.

L'hiver dernier (1861-62), à propos de certaines assertions, émises avec raison par M. Emile

---

(1) L'auteur était venu, de Paris, passer en Lorraine un congé de convalescence, Or, il avait déjà l'honneur d'appartenir, comme *correspondant*, à l'Académie de Nancy.

1862

Burnouf dans son cours sur les Védas, assertions relatives tant à la nature du sanscrit qu'à l'importance de son rôle en Europe, — on eut l'idée de se mettre en quête du vieux mémoire. Souvenir existait, en effet, que plusieurs des choses ainsi professées avaient jadis été proclamées à Nancy, voire précisément dans l'enceinte du même édifice (1); qu'elles y avaient été dites, c'est vrai, sous forme très-imparfaite (2), mais qu'enfin elles

---

(1) Le bâtiment de l'ancienne Université ; car, s'il renferme une salle de cours publics, où M. Burnouf a donné, pendant l'hiver de 1861 à 62, ses belles leçons sur les Védas, — cet édifice contient aussi le salon de lecture de la Bibliothèque : salon où se tiennent les séances mensuelles de l'Académie de Stanislas, et où elles se tenaient déjà en 1821, époque de la présentation du *Mot sur les langues de l'Orient.*

(2) Parmi les nombreuses inexactitudes que renferme le mémoire dont il s'agit (et que nous signalerons par des notes correctives, bien qu'une partie des lecteurs n'ait pas besoin là-dessus d'avertissement), les unes s'expliquent par l'âge qu'avait l'auteur et par l'insuffisance de son savoir personnel, mais les autres tiennent à l'état général où se trouvait la science à cette époque. Car en 1821, l'asiaticisme commençait seulement; les connaissances qu'il embrasse étaient encore bien peu avancées, sinon dans quelques parties déjà abordées par des hommes supérieurs.

Les notes correctives, c'est-à-dire celles qui ne datent

l'avaient été à une époque où des vérités de ce genre, bien neuves encore pour Paris, étaient tout à fait inconnues pour la Province. Pouvoir partir de là, et mesurer l'immense chemin fait depuis lors, par les opinions et les études, sur l'orientalisme, ce n'était pas sans intérêt chronologique. Voilà, du reste, le seul avantage qu'on eût à se promettre de la possession d'une telle antiquaille.

Or, par un hasard sur lequel il n'y avait pas lieu de compter, les recherches ont réussi ; la manuscrit s'est retrouvé. On l'a découvert dans des papiers de grenier ; — oublié, jauni, mais sans qu'il y manquât le moindre feuillet. — Désormais donc l'omission de dépôt a cessé. Seulement, on voit que « le rétablissement de l'ordre » a marché *pede claudo*, comme la Justice d'Horace ; car c'est au bout de *quarante et un ans* que le coupable a pu réparer son étourderie.

Du reste, l'Académie de Stanislas, avant de mettre la pièce dans ses archives, à voulu se la faire relire d'un bout à l'autre, sans qu'on se permît d'y changer un mot. Il y avait quelque

------

que de 1862, seront en lettres noires. Quant aux notes imprimées en caractères ordinaires, ce sont les primitives, celles de 1820 ou 1821.

chose de curieux dans cette sorte d'anachronisme obligatoire.

Mais, si de pareilles singularités semblent, par une de leurs faces, éveiller le sourire, elles ont aussi leur côté triste ; car elles donnent lieu d'apercevoir d'une façon bien frappante la brièveté de la vie humaine. A cette seconde lecture, faite dans le même lieu, devant les mêmes fauteuils, N'ASSISTAIT PLUS AUCUN DES AUDITEURS DE LA PREMIÈRE. — L'Académie, dans l'intervalle, s'était renouvelée toute entière.

Nancy, 1862.

P. G.-D.

UN MOT

SUR LES LANGUES DE L'ORIENT.

(1820–21.)

Pénétrés d'un préjugé national louable dans sa source, mais nuisible dans ses effets, les Grecs avaient confondu tous les autres peuples sous le nom de Barbares ; les Romains, presque aussi prodigues de cette dénomination injurieuse, n'en exceptèrent que les Grecs. Il était naturel que les uns et les autres affectassent autant de dédain pour le langage des nations étrangères que pour leurs institutions et leurs mœurs. Aussi ne nous ont-ils transmis ni la langue des Druïdes, ni celle de Juba, ni celle de Hannon, ni même la langue antique d'Hermès–Trismégiste et de Manéthon (1) ; et si nous connaissons aujourd'hui celles de Zoroastre ou de Moïse, ce n'est point par les Anciens qu'elles nous sont parvenues.

Dans leur ignorance complète des idiômes du Nord et de l'Orient, les Grecs et les Romains auraient au moins dû s'abstenir de la manie étymologique. Cepen-

____

(1) Champollion n'avait pas encore publié ses travaux, et l'auteur partageait l'ignorance commune.
(G. D. 1862.)

dant, peu de bons esprits, parmi eux, furent exempts de ce travers ; et comme les vrais radicaux leur étaient presque tous inconnus, ils se perdaient dans les conjectures les plus bizarres, dans les rapprochements les plus forcés ; supposé toutefois qu'un nom propre de héros, de ville, de fleuve ou de montagne imaginaire, ne vînt pas leur offrir une ressource banale, et reculer la difficulté sans la résoudre.

Demandez à Cicéron l'origine du nom de Neptune : par une étymologie qui rappelle celle d'*equus* pour *alfana*, il le fera dériver *a nando*. La connaissance de la langue memphitique eût épargné à un grand homme une grande absurdité. Il aurait su que *nept, nepht* ou *napht,* terme dont on se sert encore pour désigner un bitume particulier, est le mot égyptien qui signifiait· écume (2) ; que de là, la Vénus égyptienne s'appelait Nephté, comme la Vénus grecque Aphrodise ; qu'enfin, en faisant abstraction d'un changement de sexe, moins étonnant que celui de Diane adorée sous le nom de Lunus, Neptune n'était autre chose qu'Amphitrite, ou cette Isis d'Apulée qui marche sur les vagues (3), c'est-à-

---

(2) **Est-ce bien sûr ?**　　　(**G. D. 1862.**)

(3) Je ne parle ici que d'une seule signification entre toutes celles auxquelles donnent naissance les divers attributs d'Isis. Isis est un symbole multiple, susceptible de bien d'autres sens (1821).

dire l'écume de la mer, ou la Mer elle-même, person-
nifiée.

Ecoutez un scholiaste parlant des Sabéens : Ils sont
fort pieux, dit-il, et leur nom vient ἀπὸ τοῦ σέβεσθαι.
Comme si, du fond de l'Arabie, dès avant le siècle
d'Abraham, les Sabéens avaient été prendre leur nom
chez les Grecs, dont ils ne savaient pas seulement
l'existence ! Pour peu que les langues sémitiques
eussent été familières au scholiaste, il aurait su que la
racine *sab* est une de celles qui ont signifié *astre;* et
les mots *Sabéens, sabéisme,* se seraient expliqués tout
seuls (4).

Je ne cite plus qu'un exemple. Mercure est fils de
Maïa, me dit la mythologie. Qu'est-ce que Maïa, cette
déesse ou cette nymphe dont on n'entend plus parler
ailleurs, et qui paraît comme étrangère à l'Olympe
païen ? Pour ne pas rester court à cette question, à
laquelle il n'aurait jamais su répondre, un Ancien n'eût
pas manqué de faire naître Maïa près d'un fleuve Maïus,
ou de lui donner quelque Maïus pour père. Un moderne,

---

(4) De quel *sab* **voulais-je parler? Cela n'est pas
clair; je m'exprimais, ce semble, un peu au hasard.
Il est bien vrai qu'on fait venir** ٱلصَّابِيُّونَ **(les
Sabéens) de la racine** صَبَأَ **; mais** صَبَأَ **veut seulement
dire** *exoriri* **(se lever). A la vérité il s'applique au
lever des astres :** *exorta fuit stella,* **disent les dic-
tionnaires.** (G. D. 1862.)

qui sait que, chez les Brames, Boudda ou Mercure est aussi fils de Maïa, consulte la langue samskrite, et voit tout simplement que le savoir ou l'intelligence *bouddá* (5), est fils de l'imagination, *maya.*

Il fallait de grandes révolutions morales pour amener en Europe l'étude des langues de l'Orient. Le christianisme opéra la première ; il dénationalisa les Grecs et les Romains; et, renversant le culte des dieux indigètes et les riantes fictions des Hellènes pour y substituer une croyance appuyée sur les livres judaïques, il mit en honneur la langue des Hébreux. On voulut la cultiver, la traduire. Le génie de Jérôme recommença, sous de meilleurs auspices, l'entreprise que la curiosité des Ptolémées leur avait seule fait protéger.

A la faveur de l'impulsion donnée, les dialectes caldaïque et syriaque avaient suivi le sort de l'hébreu. L'arabe fleurit à son tour, quand les drapeaux de l'Islamisme eurent, en moins d'un siécle, parcouru vainqueurs une étendue de trois mille lieues. Ce fut là la seconde des révolutions dont j'ai parlé. Alors, si Bagdad et Cordoue s'approprièrent par des traductions les richesses scientifiques des Grecs, Paris, en revanche, vit dans son Université des professeurs d'arabe ; deux fils d'Averroès parurent à la cour de Frédéric ; la mode de l'al-

---

(5) Correctement il eût fallu écrire *bouddha,* le second *d* étant ici aspiré en sanscrit.   (G. D. 1862.)

chimie donna aux Croisés le goût des livres orientaux ;
et le désir d'aller prêcher l'évangile aux Sarrasins fa-
miliarisa Raymond Lulle avec la langue de l'alcoran.

A la renaissance des lettres, les Erpénius, les Golius,
les Postel, rivalisèrent avec les Scaliger, les Etienne et
les Casaubon ; et François Ier, dans le plan des études
de son Collège de France, embrassa celles des langues
orientales.

Les volumes de l'immense littérature des Arabes (6),
le livre immortel dont se compose toute celle des Hébreux, devinrent l'objet d'un examen plus éclairé. Outre
la science des faits, on y vint chercher des étymologies
plus sensées (7) ; on en expliqua mieux les riches formes
grammaticales (8). On en vint par dégrés à voir naître
des orientalistes tels que celui dont l'étonnant ouvrage,

---

(6) On comprendra aisément combien il doit rester de
monuments d'une langue qui se parlait de l'Indus au Gua-
dalquivir. D'ailleurs, si les Arabes n'ont écrit sur les sciences
que depuis leurs conquêtes, ils cultivaient la poésie de temps
immémorial. Leur nation compte à elle seule plus de poètes
que le reste du monde à la fois (1821).

(7) Le savant Rivière est parvenu à expliquer d'une ma-
nière naturelle et plausible, par le secours de l'hébreu, plusieurs expressions inintelligibles, ou du moins singulières,
de la grécité d'Homère. Quant à l'arabe, on y trouve l'origine
d'une foule de mots français : *safran, mesquin, chemise,
bédaine, crabe, gazelle, échec-mat,* etc. (1821).

(8) Je parle ici surtout de l'arabe, que ses verbes *concaves,*
les treize formes de son paradigme, l'irrégularité de ses plu-

publié de nos jours, eût fait honneur au plus savant docteur de Coufa (9).

Chez une nation spirituelle et polie, chez les Persans, les lettres avaient été cultivées avec succès. De nombreux amateurs étudièrent la langue simple et facile de ces Français de l'Orient (10). La sagesse aimable de Sahdi passa dans des traductions, et devint populaire, tandis que l'on continua d'applaudir dans l'original à la verve de Ferdoussy.

Le Collège de France, enfin, où l'école spéciale créée sur le même modèle, enseigna dans l'arménien la langue du commerce asiatique, et dans le turc une langue qui, malgré ses formes compliquées et les bornes étroites du domaine où elle règne (10), mérite d'être remarquée par son génie poétique et par une euphonie digne d'un peuple moins barbare.

D'après cette énumération, où je ne comprends ni

riels, sa syntaxe tout opposée au moule commun des idées d'un Européen, semblent d'abord environner de difficultés insurmontables (1821).

(9) *Gramm. arabe* par M. le baron Sylvestre de Sacy (1821).

(10) Le persan pourrait sous bien des rapports être comparé à l'anglais, si les auteurs n'en diminuaient la facilité par l'emploi fréquent de mots et de locutions arabes, quelquefois même de phrases entières d'arabe pur (1821).

(11) Le turc ne se parle point hors de la Turquie; et là, même, la langue de la religion est l'arabe; celle du commerce, le grec vulgaire; celle de la cour, le persan (1821).

l'égyptien, dont à peine quelques débris se retrouvent dans le copte (12); ni le phénicien et le punique qui sont entièrement perdus (13); ni moins encore le grec moderne, qu'il serait d'un ignorant et d'un ingrat de compter pour un idiôme oriental, et non pour une langue d'Europe, pour l'une encore des plus belles que parlent les Européens; d'après cette énumération, dis-je, il est visible, toutefois, qu'en France, dans la bouche des professeurs et des disciples, le nom de *langues de l'Orient* n'embrassait guères, à l'exception des divers rameaux de la souche sémitique (14), que deux ou trois idiômes modernes, nécessaires sans doute aux relations commerciales du Levant, mais d'une utilité à peu près nulle pour l'histoire et l'investigation des antiquités.

Il n'en est pas de même du chinois, du pehlévi (15),

---

(12) Telle était, nous l'avons déjà dit, l'opinion erronée qui régnait en 1820; et c'est aux découvertes de Champollion qu'on en doit le redressement. (G. D. 1862.)

(13) Assertion trop absolue, même alors; à plus forte raison aujourd'hui. (Idem.)

(14) L'hébreu, l'arabe, et leurs dialectes. (1821.)

(15) Du zend, voulais-je dire. Mais, novice que j'étais, j'ignorais la différence de ces deux mots. Les idées justes sur l'Asie étaient encore si peu répandues, que je n'avais jamais ouï parler sérieusement de la langue pehlévie, en tant que différant de la langue zende. J'ignorais la nature hybride (demi-sémitique) de la première, et je prenais *zend* et *pehlévi* pour deux

du samskrit, qui n'ont attiré qu'assez tard l'attention des savants. C'est par les Jésuites que nous est connue la première, qui des trois méritait le moins de l'être ; non que les mœurs, les lois et les arts du plus ancien des empires existants ne soient capables d'intéresser, quelque peu de liaison qu'ait l'histoire de la Chine avec celle de tous les autres peuples ; mais parce que les extrêmes difficultés d'une langue et d'une écriture que les plus vieux mandarins peuvent à peine se flatter de savoir, ne sont nullement en proportion avec les fruits qu'on en pourrait retirer : d'autant plus qu'aujourd'hui, grâce aux Langlès, le mantchou est devenu accessible à nos études, et que depuis le règne des dynasties tartares, il n'y a pas un bon livre chinois dont les presses impériales de Pékin n'aient publié la traduction mantchoue (16).

---

termes **synonymes. Quoique** cette erreur semble aujourd'hui grossière (et qu'il y eût même, dès ce temps-là, moyen de n'y pas tomber), je n'étais pas le seul à la commettre ; ces deux idiômes, qui précédèrent le persan, paraissaient de loin n'en faire qu'un. Certes il en eût été différemment si l'on eût déjà connu le *perse,* ce troisième langage de l'Iran, ce dialecte de Darius et de Xercès, si bien expliqué depuis par Rawlinson et Oppert ; mais personne alors n'avait encore su lire les inscriptions de Bisitoun.   (G. D. 1862.)

(16) Pareille assertion est au moins très-discutable ; mais ceci est antérieur aux travaux d'Abel Rémusat, de Stanislas Julien, etc.   (G. D. 1862.)

Plus curieux et pourtant plus négligé, le pehlévi (17)
n'avait point trouvé, avant le XVIIIe siécle, de zélateur
passionné, tel qu'il en faut pour dévorer les ennuis de
toute entreprise où les routes restent à frayer. Anquetil-
Duperron fut cet homme ; plein d'ardeur, il partit, et
consuma ses plus beaux jours dans la patrie des Mages.
Ses travaux sur le Zend–Avesta ont précisé les conjectures de Hyde (18) et jeté un nouveau jour sur le dua-
lisme des ignicoles. On lui doit aussi l'importante pu-
blication de l'Oupnek'hat, livre que les anciens Perses
avaient fait passer dans leur langue, et qui n'est autre
que l'*Oupanishad,* dont l'original samskrit, devenu
très–rare, existe pourtant encore dans l'Inde (19).

Mais je viens de prononcer le nom de la reine des langues de l'Orient ; de celle qui en serait la plus utile à
connaître quand même elle n'en serait pas la plus belle.
Jusques vers 1770, aucun Européen n'avait pu se vanter
d'entendre les livres du brahmanisme (20). Enfin la pos-

(17) **Même impropriété que ci-dessus. J'appelais**
pehlévi **le zend, croyant que c'était une seule et même**
chose. (Idem.)

(18) *Précisé ;* **mieux vaudrait dire** *modifié.* (Idem.)

(19) **Tout cela est peu exact.** (G. D. 1862.)

(20) Ces livres, dont la Bibliothéque royale possède un assez
grand nombre, sont des manuscrits tracés à l'encre sur d'é-
troites planchettes de palmier. Les lignes y vont de gauche
à droite, comme chez nous, à la différence de toutes les lan-

session du Bengale, qui fut pour les Anglais l'occasion de
tant de crimes, leur valut au moins la gloire d'être les
premiers à cultiver l'étude du samskrit. Par des pro-
messes, des menaces, par une inflexible persévérance,
leurs savants, fixés à Bénarès, obtinrent de devenir
écoliers dans cette Athènes des Indes, et d'acquérir l'intelligence de la langue sacrée ; faveur que jusques là
les Brahmes avaient toujours refusée aux divers con-
quérants de leur patrie (21).

Le samskrit est, comme on sait, la tige de tous les
dialectes indous ; il cessait déjà d'être en usage
comme idiome vulgaire au temps où Pythagore vint
chercher la sagesse aux bords du Gange (22). Aussi
tout ce que les Brahmanes (23) nous ont laissé de

---

gues de l'Asie citérieure, et se lisent dans le sens de la lon-
gueur, de façon qu'il n'y en a guère que quatre ou cinq sur
chaque page. Toutes les feuilles, écrites sur l'un et l'autre
côté, sont percées de deux trous, où passent les cordons qui
les réunissent, et dans lesquels on fait couler chacune, soit
pour la lire, soit pour la laisser tomber et prendre la feuille
subséquente. Ainsi formé, un manuscrit indou ne ressemble
pas mal à la *jalousie* d'une fenêtre (1821).

**(21) C'est là le paragraphe dont la substance avait
ressemblé le plus aux vérités émises longtemps après
dans le beau cours de M. Emile Burnouf sur les Védas.**

(G. D. 1862.)

**(22) Erreur grave ; mais la chronologie des langues
était bien peu avancée en 1820.   (G. D. 1862.)**

(23) On écrit d'ordinaire *Brachmanes*, d'après l'étymologie

grands ouvrages, scientifiques, historiques, mytholo-
giques ou ascétiques, remonte aux siécles où l'on n'é-
crivait encore qu'en vers. C'est en vers que sont com-
posés les ouvrages canoniques indiens, les Védas, les
Pourânas, les Chastrams (*sic*). Le premier Pourâna
qu'on ait vu traduit dans notre langue est le Bagava-
dam. Depuis lors, de nouveaux extraits des Pourânas,
et certains morceaux choisis, tel qu'un épisode du
poème de l'exil de Râma (24), ont été publiés par
un Français (25) qui, sans sortir de Paris, sans
autre secours que des manuscrits dont la lecture
seule est une science (26), et les vocabulaires impar-

---

grecque Βραχμᾶνες. Mais non-seulement Brahmane est le
vrai mot samskrit, c'est encore ainsi que prononçaient les
Grecs; la lettre χ, que nous traduisons par *ch* ou *k*, n'ayant
jamais été chez eux que ce qu'elle est encore chez leurs
descendants: une forte aspiration. (1821.)

**(24) N'ayant là-dessus que des notions très-superfi-
cielles, je mêlais tout; je prenais la Ramaïde et la
Bharatide pour des Pouranas. On sent, à mon langage d'alors, combien les idées du public étaient
confuses sur ces matières-là.** **(G. D. 1861.)**

(25) M. de Chézy, de l'Institut (1821).

(26) Ce serait peu qu'on n'y trouvât aucun signe de ponc-
tuation; ce serait peu que les mots-ci y fussent séparés par
aucun espace qui les fît distinguer, si à cela ne se joignait
une coutume particulière au samskrit : celle de fondre en-
semble tous les mots par une crase où synaléphe perpétuelle
qui élide, contracte, ou même change, les lettres initiales et

faits du P. Paulin de la Propagande, est parvenu, chose incroyable, à lutter dans ce genre de travail contre les Anglais, placés à portée de toutes les res-sources; a su mériter qu'un Prince ami des lettres fondât pour lui, au Collège de France, une chaire de samskrit (27), et s'occupe enfin maintenant de traduire, en la corrigeant, la grammaire de Wilkins, la plus récente de toutes, et la seule méthodique et compléte.

On jugera de l'importance de cet ouvrage, pour lequel l'Imprimerie royale fait déjà graver les poinçons nécessaires (28), si l'on pense que la langue samskrite, dont il applanira l'étude, est la mère des langues grecque et latine, et par suite, de presque toutes

---

finales. Chez nous on dit bien *l'honneur* pour *le honneur*; les Grecs disent bien καθ' ἡμέραν pour κατὰ ἡμέραν; mais ces légers changements sont indiqués par l'apostrophe, et ne s'appliquent d'ailleurs qu'à de certains mots; au lieu qu'il n'y a point de fusion si bizarre à laquelle ne se prête le système de l'écriture indienne. Si par exemple ces mots *voilà un coup heureux* étaient samskrits, qu'arriverait-il? comme *a-u* fait *o*, et que *p-h* fait *f*, il faudrait écrire *voiloncoufeureux* (1821).

(27) S. M. Louis XVIII en créant par la même ordonnance une chaire de chinois, a ouvert deux nouvelles routes aux progrès des connaissances humaines (1821).

(28) **Cette annonce ne fut pas suivie d'exécution; et quand Paris commença à imprimer en sanscrit, ce fut la Prusse qui lui prêta les premiers caractères déva-nagaris.** (**G. D. 1862.**)

celles que nous parlons. Le grec et le latin ont sans doute plusieurs points de contact avec l'hébreu et les autres langues sémitiques : ils leur ont emprunté des mots ou des locutions, comme le français peut en emprunter à l'allemand. Mais avec le samskrit, ce n'est point alliance qu'il y a, c'est parenté : la filiation est directe, immédiate, irrécusable (29).

Sans doute il doit paraître singulier que la Syrie, la Palestine, l'Arabie, tant de pays intermédiaires, soient occupés par des langues d'une autre famille, et qu'il faille en Asie traverser douze à quinze cents lieues, pour retrouver la souche des idiômes européens ; mais le fait existe, il est certain. Il s'accorde d'ailleurs avec ce que la tradition des temps antérieurs à l'histoire nous apprend sur l'origine des Pélasges, et sur tant d'autres colonies qui, dans leurs migrations successives, ont éclairé les Aborigènes occidentaux, ont apporté aux barbares enfants de Japhet, instruits et civilisés par eux, leurs mœurs, leurs sciences, leur culte, leur zodiaque, et toutes les idées de l'Orient.

Il serait trop long d'indiquer combien de problèmes grammaticaux se trouvent résolus par la plus légère connaissance du samskrit. Des hellénistes ont présumé, par exemple, que la forme en μ était la plus ancienne

---

(29) Ceci offre de l'intérêt par sa date ; un énoncé si net passait alors pour bien hardi.   (G. D. 1862.)

dans les verbes grecs; ils ont eu raison, car les Grecs modernes l'ont tout-à-fait laissée tomber en désuétude, tandis qu'au contraire c'est la forme régulière et commune de la conjugaison samskrite (30) : conjugaison où, du reste, l'on trouve, comme en grec, le redoublement, la voix moyenne, etc. (31). Autre remarque : le supin des Latins, qui n'est point un temps mais un mode, fait double emploi avec l'infinitif, et paraît inutile. Employé seulement après les verbes de mouvement, on pourrait deviner que c'est une forme infinitive, qui seulement a vieilli, qui ne reste plus d'usage que dans quelques locutions consacrées; et la preuve en arrive, puisque la désinence *tum* ou *itum* est celle qui caractérise l'infinitif régulier samskrit. On ferait une liste interminable de mots dont l'explication est curieuse et ne se trouve que là : *vidua* (ital. *vedova*), venant de *vidava* sans mari (32); le vieux radical *sudum*, beau temps (d'où *sudare* et *sudor*), dérivant lui-même de *sou–diou* beau jour (33), etc.

---

(30) Le présent de l'indicatif actif des verbes samskrits est en *mi, si, ti*. (1821.)

(31) J'aurais pu ajouter le *duel*; mais cette dernière analogie est moins décisive que les précédentes, le duel existant aussi dans l'arabe et dans les langues de celle de la même famille, étrangère au grec et au samskrit.

(32) Pour l'exactitude, il faudrait *vidhava*, **car la consonne est un** *d*. **(G. D. 1862.)**

(33) En écrivant *diou*, **c'est-à-dire** *diu*, **on avait eu**

La ressemblance du latin avec le grec, par l'inter-médiaire du dialecte dorien, est saillante; mais jamais elle ne frappe davantage que quand on connaît la langue d'où tous deux sont descendus. Deux formes, en apparence différentes, se rapprochent, et la con-nexité s'en présente aisément, sitôt qu'on les compare à une troisième dont l'une et l'autre ne sont qu'une altération, ou même, pour parler plus juste, qu'un débris. Car le sanskrit est bien autrement complet que les idiômes auquel il a donné naissance; et cette mère-langue déploie, il faut le dire, tant d'ordre, de régu-larité, de richesse, qu'on est tenté de prendre à la lettre l'étymologie de son nom (34), et de croire qu'elle n'est point, comme les autres, le résultat fortuit des caprices populaires, mais réellement le produit mûr et combiné des travaux d'une caste d'hommes instruits. Langage dans lequel nous pouvons goûter encore la morale la plus douce, enveloppée sous les allégories des sages; applaudir à des tableaux de 4000 ans pleins de grâce, de fraîcheur, et d'un esprit qui sem-

---

dessein de faire allusion à l'adverbe *diù*, **dérivé de** *dies* (**car** *dies*, **en latin cicéronien, prend souvent la si-gnification de** TEMPS, DURÉE). **Mais au fond, afin de rester plus sanscrit, mieux aurait valu écrire soit** *diu*, **qui est la racine, soit même** *diva* **ou** *divas*, **qui est le sub-stantif.**   (**G. D. 1862.**)

(34) *Samskrita*, COMPOSÉE. (1821.)

blerait quelquefois appartenir au siécle de Voltaire (35) ; admirer enfin de majestueuses épopées, moins régulières peut-être, mais aussi poétiques et plus vastes de plan, que l'Iliade, qu'elles ont précédée. Langage digne d'avoir été parlé par les législateurs du pays le plus peuplé, le plus riche, et longtemps le plus heureux de la terre; de ce beau climat de l'Hydaspe et du Gange, objet de l'admiration, de l'envie, et des fables des Anciens (36), qui en faisaient un paradis terrestre; de cet Indoustan où vont aboutir et se perdre nos recherches et nos conjectures impuissantes, parmi les vestiges des plus anciens monuments de la civilisation humaine (37).

Plus que toutes les autres langues orientales, le samskrit peut faire éclore en Europe le genre de fruits

---

(35) L'auteur voulait ici faire allusion à l'*Érmitage de Candou*, morceau rempli effectivement de gracieusetés toutes modernes. (Voir le *Journal asiatique*, tome Ier). Mais ce morceau est extrait d'un Pourana, et par conséquent, loin d'avoir quatre mille ans de date, il en a à peine quinze cents. Seulement, on y voit l'imitation de choses antérieures à notre ère.

(G. D. 1862.)

(36) Il aurait fallu dire « *et sujet des fables des Anciens* »; mais les mots ET SUJET manquent dans le manuscrit.

(G. D. 1862.)

(37) On sait, aujourd'hui, que les monuments pharaoniques, dont la date devient de plus en plus certaine, sont d'une antiquité bien autre que celle des monuments indiens.

(Idem.)

déjà recueilli de leur étude, et qui seul, suffirait pour
assurer aux Modernes, sur les Grecs et les Romains,
des avantages inappréciables. Par ces langues, qu'ils
ignoraient, nous n'avons pas seulement ramené les
étymologies à une méthode raisonnable et certaine :
nous avons rétabli plusieurs faits d'histoire ou de
mœurs mal connus des écrivains de l'Antiquité. Nous
avons pu rapprocher des choses qu'on avait considé-
rées comme différentes, en distinguer qu'on avait con-
fondues. Remontés à l'origine des fables que le vulgaire répète depuis des milliers d'années, il nous a été
facile d'affranchir notre esprit de leur joug. Nous
avons fait mieux, nous les avons expliquées; et souvent en ont jailli des vérités couvertes d'un voile ingé-
nieux. Nous avons surtout recueilli cette grande certi-
tude que le monde n'est pas d'hier; que des institutions
ou des idées que l'on croyait nouvelles, se trouvent
être la servile copie d'idées et d'institutions plus an-
ciennes, et que, contre l'opinion commune, les temps
de vérité et de liberté ont précédé ceux d'erreur et
d'esclavage. Enfin, les trésors de plusieurs littératures
fécondes ont été ouverts à ceux de nous qui vou-
draient renouveler le répertoire un peu usé de la littérature classique (38), et qui, sur les traces du génie de

---

(38) **Antérieur au règne du romantisme, ceci en
présageait l'avénement ; mais on voit que l'auteur ne**

9 782019 267674